貓星人統治地球 2

【文地作品】

U0134697

上回講到 ⋯⋯

米高,一隻被人類遺棄嘅黑白貓,
從前自以為是世上最幸福嘅貓,
沒想過有天會被人拋棄在診所～

曾經是貓江湖的大佬,
帶領一班無家可歸的貓嘅,
出生入死,突然有天退下火線,
走進人類生活裡,
四出打工～

就在這多苗界 slash 當上壽司師傅期間，
竟然遇上遺棄他的前主人，
頓時跌進悲傷的回憶之中，
對人類再次失去信心 ππ

在人海中浮浮沉沉的他，
會遇上怎樣的人和事，
令他下定決心去統治地球？

快番羽開下頁，
跟隨多苗腳印尋找答案吧！ ⋰⋱

向喵星人告白♥

點解養貓？貓會阻礙你工作喎！
唔阻，佢只係想我長時間工作要停一停，休息休息，幾貼心！

貓出名「利爪」，抓梳化抓手袋抓皮鞋抓你心愛嘅嘢喎？
啲嘢要擺好，畀貓抓到只好怪自己冇手尾！

貓高冷，你叫佢未必睬你，唔會成日黐住你喎！
呢啲叫做尊重彼此嘅私人空間，我鍾意！

瞓覺時會黐住你甚至壓住你，熱死喎？
佢用自己嘅體溫去溫暖我，幾咁sweet♥

年青貓係搗蛋王，破壞力驚人！
係青春啊，幾有活力，阿豬媽都回春！

🐱 老貓係牢騷王，夜晚仲唔瞓扮鬼上身咁怪叫，煩呀？

🐱 煩㗎，但老咗係多訴求㗎啦，怪叫一定有原因，可能視力唔好會驚可能肚餓我可能想我陪，只怪我唔識貓話，唔好怪佢！

🐱 你講晒咗啦～

🐱 係呀，如果以上種種唔係貓做嘅而係人嘅所為，我應該冇咁大方！我感激喵星人不嫌不棄陪伴咁多缺點嘅人類，只能說，我已被貓統治了！

文地♥

向喵星人告白 ——————————————— P.4

目錄 ——————————————— P.6

VOL 11. 漁民樂 ——————————————— P.8

VOL 12. Hello 蝦佬 ——————————————— P.22

VOL 13. 街市貓事 ——————————————— P.36

VOL 14. 神棍與貓相士 ——————————————— P.50

VOL 15. 睇毛睇掌睇貓生 ——————————————— P.76

VOL 16. 夜遊廟街的浪漫 ——————————————— P.90

VOL 17. 原來·緣去 ——————————————— P.110

VOL 18. 夜更貓與筍賊 ——————————————— P.130

VOL 19. 今期流行 ———————————— P.152

VOL 20. 肉泥誘惑 ———————————— P.170

VOL 21. 臣服吧!貓奴 ———————————— P.186

後記 ———————————— P.206

VOL 11

嘩!!!!

獨樂樂
不如……

第一次交魚

貓天生擁有強勁力捕獵技能係天生嘅食肉者，邊個話佢天生係愛食魚?!

因為據說家貓最早出現喺古埃及，尼羅河喝。捕魚為生嘅古埃及人就餵貓食魚喇!

而且貓愛鮮羊肉，腥味濃，魚腥味更濃，就覺得貓最愛魚!

其實，唔係必然㗎!

我哋鍾意食雞肉多過魚喝!

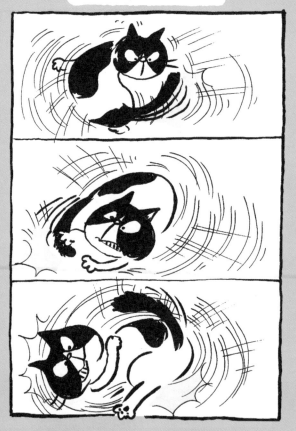

貓星人天生捕獵高手，見到啲
嘢都郁下點忍啫？你咪以為
佢唔知嗰條係自己嘅尾巴，
佢只係睇唔過眼。同埋有啲
無聊自娛下啫！
點解貓星人要自尋快樂？
貓奴你仲唔好好反省？ :,;

我冇得玩！

VOL 12

HELLO

蝦佬

你不如幫手曬蝦醬啦！耐唔耐要攪下佢喎！

好好陽光呀～

曬蝦醬變曬貓茹?! 叫你得閒攪下佢......而家曬到燶喇!!

唔記得講, 貓星人一日瞓超過15小時, 有陽光更加無法抗拒咁......瞓!!!

忘記過去吧!
愛錫多苗星人嘅人類
依然存在嘅!!

貓人瘋語

阻礙人類工作協會成員

不論做什麼
都要在一起

貓人瘋語

其實除咗光線強弱之外，貓星人喺唔同情況下，瞳孔都會有所變化：

正呀！

CAT FOOD

Relax

打得少！

VOL 13

41

係呢......點解街市成日都有多貓嘅呢？

捉老鼠咁囉......但好多檔主其實都好錫啲貓咪㗎！

檔主會放桶水喺檔口旁邊，俾啲街市貓飲水，又定時餵食乾糧！

任由多貓咪幫手看檔

有時怕小貓咪俾人偷，所以會暫時綁住佢，養大咗就放佢，等佢自由！

15元斤
5元扎

咁錫佢哋，不如帶返屋企？

唔係人人屋企都方便㗎！我屋企都有另一隻貓，試過帶返去，屋企嗰隻就唔開心……

亦唔係隻隻街市多貓都適合做家多貓㗎！

我接受你嘅好愛，但唔代表你可以掂我！

街市貓咪習慣自由自在，去唔同檔口搵朋友仔玩，勉強困住佢哋都好慘！

喂！
出去玩吖！

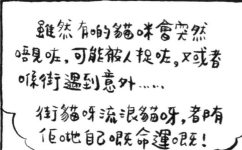

雖然 有啲貓咪會突然唔見咗，可能被人捉咗，又或者喺街遇到意外……

街貓呀流浪貓呀，都睇佢哋自己嘅命運嘅！

幾年前呢隻小白撞車走咗咯！

阿精英貓貓，我叫你搜集罪証，報告人類嘅惡行呀，你搞乜整喺我呀,哼！

喺街、街市生活嘅貓，有幸被疼愛過，已是福氣了！

報告完畢😿

米高秘史 情迷腋下

我underarm真係咁臭？
米高好鬼鍾意聞胳肋底，
仲要成個頭舂落去，聞呀
聞，聞到發出「摩打聲」，
然後瞓著……
正呀
meow~
Z
Z
咕嚕咕嚕
咕嚕咕嚕
咕嚕

貓人瘋語

賞菊花

佢俾你聞屎眼，唔係玩你，
係代表佢信任你，承認你
係佢親密嘅朋友，叫係佢心
目中有一定嘅地位！
你有幸賞菊花，係你嘅福氣。
盡情欣賞盡情聞啦！

噚。
屎眼！

益你呀！

VOL 14

糕你仲唔去開工?!

究竟,
應唔應該返去
做賣魚佬呢?

……我怕自己又
唔捨得啲魚,又
想霸住啲魚,
咁就拖累咗
老闆囉?!

SORRY呢條
唔賣㗎SORRY!

又唔
賣?

佢啲魚
都唔賣㗎!

你都係咪搵啲同魚類有關嘅工作喇～喇喇喇

呀呵?

貓屋主人,等我贈你兩句啦!

你前世同魚結下咗不解緣,今世你見到魚就想食落肚!!

係人都咁知啦!

下過又咁講,其實貓又唔一定鍾意食魚。久遠之前貓喺野外都係食肉嘅,好似雞呀雀呀……

53

有靈貓坐陣，就試下啦！

大師，想你指點下迷津！！

你定隻貓呢？

我由頭黑到腳趾尾，首先係男友出軌搞到分手傷心到爆，之後又唔見電話，唔見銀包，撞花架車，跌金鎖匙……連小花，即係隻貓，都淰埋我啲黑氣，瘦晒又冇心機，睇過vet話冇嘢，一定係過咗啲黑氣俾佢！

仲要成日唔記得餵糧，又唔開罐罐，我就快要食膠袋同紙皮喇！

你真乖，知我唔開心就陪住媽媽！

meow meow～

※餵罐罐呀奴才，我就快餓死喇！

咁咁咁咁……

睇你氣息就知你正處於人生嘅低潮，你隻小嚿貓就唔同，佢係旺你嘅，但你放大咗自己嘅失意，忽略咗佢，例如喊得太大聲嘈佢瞓，又唔記得餵食又唔記得刷屎……

有緣再見，
小花！

報告總司令，
人類真係明知故問。
俾相士講返句就好似人
如夢初醒咁。
明明自己都知道答案！

人類真就是如此笨X！

少年，既然你正在搵出路……

……不如嚟我呢個檔口坐陣啦！睇你嘅多貓相，都係個有觀察力、心思細密又醒目嘅多貓星人！

但我對呢行完全一竅不通……

又唔係叫你自己開檔，做我隻靈多貓，睇翻譯下多貓語咋！

你可以幫到啲同類，又可以幫下我！

可能有機會再見小花♥

61

太佬好嘢!!

我唔否認我係叻,但多次要投入呢個行業,為貓星人解疑難,如果唔增值自己做好準備,又點對得住一眾貓星人呢?

米高,支持你呀!
多笛相士 yeah!

係時候跳出 comfort zone,遠離黑道,遠離海鮮有關嘅工作!!!一定要殺出條新血路呀!cheers!!!

好一對醉酒夫婦……

黑白貓
聰明又堅強，
唔熟我以為
我好惡。熟咗
就知我親切
又活潑！

灰白貓

玩得又嗲得，
但對陌生人驚驚，
有人可能覺得我惡！

虎紋貓

頑皮又貪玩，玩起嚟
狂野又crazy！！
我仲好open㗎，
喜歡又打開肚皮！

三色多苗 撒嬌女王，
公主病，對人唔對事，
難以捉摸嘅死女人！

 白多苗 獨立、elegant
又cool，同你保持少少
距離先夠優雅！

 黃多苗 為食，通常肥嘟嘟，
貪玩又Lazy，愛親親人

 黃白多苗 無論人同多苗，
佢都鍾意一齊玩，好和平！

黑貓 情感豐富到爆！
聰明可愛活潑。並唔
係外表咁cool嘅！

 灰貓 溫柔又善良。喜歡
守候著所愛嘅貓奴！

 啡貓 友誼小姐／先生。
好子溫柔。對人類友善！

 以上資料只供參考，自己貓味自己
觀察，個性不盡相同，貓奴自己睇路！

自從大佬你唔再做大佬，我好似無主孤魂咁……就決定展開我嘅第二貓生，試過做幾份工，都俾啲老闆話我唔夠友善，唔夠主動……但我已好用心……係咪我條命唔好呢？！

咁快發市……

首先，灰白毛*嘅貓對陌生人比較有戒心，所以啲客覺得你唔夠 Nice 囉，甚至有啲惡添!!

再睇下你嘅肉球

＊笨薯嘅毛色其實係灰白嘅，只係作者懶咗將佢填到黑白啫

我都P係依網直説啫……

乜世上，真係咁多
迷途貓星人??

多貓屋人大小二便後，
硬係要衝出嚟亂跑，
其實係貓之天性之一，話
說多貓喺野外生活時，
去廁所係最易受襲嘅
時候，所以屙完就要
衝出嚟逃離危險之地，
仲可以擺脫臭味，以防敵人
發現自己嘅行蹤！
　當然，屙得咁爽，興奮下暴衝
下都好合理�d！

VOL 15

睇毛睇掌睇貓生

佢根本唔當自己係普通貓，佢太有個性，不愛俗氣！你揸張紙整成一個波，或者梳毛梳出一個毛球，佢反而更欣賞，可以玩足一日！！

佢都視你買埋晒咁多無謂玩具呀！

知道大師！我唔會再買無謂嘅垃圾玩具㗎喇！

感謝米局！

客氣！

與其買咁多玩具，不如俾多啲時間陪佢啦！

除咗貓奴帶埋主人嚟睇師傅，仲有好多貓屋人單人匹馬嚟搵糕高相士睇貓生！

超過10歲可以嚟睇掌嗎？

當然！當然！

緣

三角形嘅噗，比較任性、自我、神經質......

三色貓毛，又喻又惡，好矛盾咁喎！

情緒起伏較大，有啲令人難以捉摸！

係咪因為呢種個性,我住喺貓舍六年,都冇人肯領養我?嗚......

貓同人一樣,命運各有不同,所謂同貓唔同命......

點解偏偏係我?

多苗小姐,或者呢個就係你今世要學習嘅課題......你住嘅貓舍,義工哥哥姐姐對你好嗎?

咁佢哋對我好好，我鑽小姐脾氣佢哋都卩忍我，唔會嫌棄我……

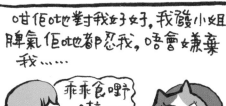

乖乖食嘢啦……

夯心情！

貓舍不時都有小貓，我都好鍾意照顧佢哋，好似人一家人咁……係喇！係「家」呀！！

Yes!!今世你其實已感受到「家」嘅溫暖，有哥哥姐姐愛錫，你又發揮咗母性去愛錫小貓咪……好好珍惜呢份愛，活在當下呀三色貓小姐！

貓，其實唔適合咁高調！

貓，其實唔適合咁繁忙！

尤其是我呢種咁cool又Lazy嘅貓！

佢係咪愛你？我唔知，哈哈！最重要係「佔有」你，要將你收編，據為己有!!

將自己氣味留喺你身上，用佢哦面仔、頸，身體兩邊和尾巴等掁你對腳，就可以宣示主權，「呢個奴隸係我㗎!」

當然，有時佢哋真係想嚡下你，你開心又餵下小零食，一舉兩得！

狡猾嘅喵星人！

貓星人鍾意跳高、向上爬，據
統計，貓跳高嘅高度可以係身體
嘅5-7倍㗎！平衡力好，喺半
空中已經可以扭動身體以四肢
準備穩陣落地！

佢哋最like高高在上，又威風又有安
全感。不過……貓不係鈎狀呢件
事，就令貓爬上去容易落返嚟
就好有難度喇！

近排睇緊村上春樹嘅書就有講：
「貓雖然擅長爬樹，卻不擅長爬
下來。但小貓並不知道這件事。」
呢個時候，佢會搏一搏跳落嚟，
又或者，大聲喵喵喵等你救佢！

VOL 16

夜遊廟街的浪漫漢

迷途嘅貓星人，塔羅幫到你！

我終於明白點解
人類咁鍾意唱歌……

生活壓力大，
唔發洩下 嗌下 放肆下
會黐線！

而且，
人類抗
壓力又
比較低…

貓嘅短期記憶可以長達10分鐘甚至16個鐘，係人類嘅20倍呀！例如食物呀、罐罐呀、餵食嘅地方、廁所放喺邊……可以記好耐嘅。

但對於佢漠不關心嘅嘢，佢哋就唔太（想）記得喇，例如貓奴你講嘅廢話，通常想被視作耳邊風！

物貓嘅矢長期記憶都好厲害
㗎！呢啲記憶係較為重要，
係一啲令多貓星人會開心或
痛苦嘅經歷！

貓嘅大腦只佔全身重量嘅0.9%，但結構同人腦一樣複雜，記憶方式和人類好相似！

成日話貓星人記仇，係咪你做咗啲嘢乞佢憎呀？貓對於好驚驚或者勁厭惡嘅嘢，好似吸塵機、剪指甲、去睇獸醫。或者被人虐待過，佢哋會記一世，仲會提高警覺添！

咁如果你受貓星人寵幸，佢都會記住你一世嘅，好長情㗎。

VOL 17

原來、緣去

我出一出去!

喵記粉麵

喵記粉麵

喵星五金

有冇見過
執紙皮
婆婆呀?

喵～經過喵
喵喵前面街呀
喵～喵

坐低陪
婆婆食
啲嘢!!

嘩婆婆隨手都
有雞肉罐罐?
我係
魔術師!!

婆婆冇俾人遺棄! 只係屋企
又唔係有錢，阿仔又有自己頭
家，我唔想搞到佢...
婆婆都冇乜嘢叻，但仲有氣有
力，所以想靠自己去搵啲錢
搵啲寄話 ... 其實啲錢....

喵

好多年前，我成日經過一間獸犬醫診所，見到有隻多貓仔……佢好似尊佛咁。

醫診所

佢日日都望窗，好似好多嘢諗，好多心事咁，每次見到佢，都唔忍住停低望下佢。

121

黑白貓仔呢？佢尋日衝咗出去冇再返㗎呀……

CAFE

我就衝咗出去搵佢……

漸漸地，我由搵貓變咗餵浪浪……

每日去餵，唔餵唔見過佢哋會心掛掛……

個個都乖多苗～

個個都係婆婆嘅好朋友！

有時會幫相熟店主照顧下舖頭貓！呢隻花花啱啱做咗小手術，但老闆有急事出一出去，我就幫手睇一陣！

婆婆生活都唔知幾充實呀，多得貓星人你唔駛擔心我喎！

但係你嗰日衝咗出去
救咗啲被人蝦嘅貓仔喎!
都係一件好幸福嘅事啦!
之後仲帶領住一班貓……

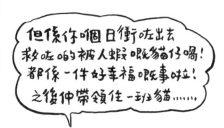

司令,曾經,
我有機會成為幸福嘅貓㗎,
但又因為我,婆婆開始餵貓,
更多多貓咪得到愛同溫暖……
這就是人生、貓生啊!!

人類真係可恨又可愛!

VOL 18

夜更貓與笨賊

131

145

米高小時候，好鍾意搵鏡裡面嘅貓（即係佢自己），繞到鏡後搵。搵唔到又再繞到鏡前。然後又俾鏡裡嘅自己嚇親見！

喺邊？出嚟！

貓人瘋語
準備起飛

當我飛機耳時，勸你敬而遠之！

貓咪在生氣、恐懼或興奮時都會出現飛機耳，豎起耳仔聽下聲從何處來，監聽周圍哦情況！有型！

VOL 19

今期流行

153

貓星人,我見到有間salon請人呀!試吓吖!

婆婆留俾你㗎!!

試下啦!橫掂我都就快移民……你係時候又去搵新嘢玩喇!

老闆……你走嚟……

後會有期喇貓星人,我會掛住你㗎!

好多謝你呀,老闆!

155

一諗起細個飲媽媽奶,就忍唔住出爪搓下搓下。汪星人你又點會明白呢種情意結?

呀......　　　........

好creative 呀吓～

係layer！有layer得嚟又不失volume，啲劉海好韓仔呀！風一吹，幾飄風逸～

係...嘛！

返嚟嘑米膚大師!

今日試咗新嘢,俾你睇吓!

想試下我嘅手勢嘛?

夜喇……下次先啦!

大哥,你要同汪星人一齊玩㗎?

唔係玩,係幫佢哋搞搞啲形象啦!不過佢哋都冇也主見,我話左佢去左,我話右佢去右!

PAW HAIR VOLUME 17

係貓太任性嗜!

VOL 20

肉泥誘惑

171

小姐,唔係你要修甲咩?

都係小姐,不過係呢隻肥波小姐!

可惡嘅人類發明易苗咪指甲鉗……

一定係想削弱我哋嘅攻擊力,打擊我哋統治地球嘅信心!!

有種凍叫貓奴覺得你凍。
大部份貓都唔鍾意著衫,
「件嘢阻住我視察環境同活動!」
著咗衫會唔識行、倒後行,或
者壓低個身行,表示佢好大壓力!
其實貓喺冬天,毛毛會生多啲密啲
嚟保暖,怕佢凍? 預備張暖暖
床仔啦,打開被竇畀佢捐入去。
張開大髀伸佢慣入嚟。多啲攬
實佢,開埋暖爐,暖晒!
老人家嘅話,暖水袋 暖毯 於貓床,
多啲摸摸佢耳仔、手仔腳仔,如果
凍凍地,就用晒所有方法幫佢
保暖啦!

VOL 2¹

臣

服

吧!

貓

奴

精英多貓，多謝一直以嚟為我哋提供情報，等我哋可以更進一步了解人類嘅弱點！

我會繼續用自己嘅方法去研究統治地球嘅方法㗎！

保重，司令！

後知後覺！

啲貓星人成日喺廁所搞咁耐，一定有古怪！！

meow~

老闆!!

頭先開舖,發現佢哋人掉咗喺舖頭門口.....

你哋的毛色黑點解.....

當初買我返嚟，如獲至寶，
我是最寶貴㗎呢！

到我大啲，佢成日同我講三姑隻
貓幾靚六婆隻貓毛色幾特別，
所以要將我變得更靚！

嗰次去街出醜後，
我開始唔食嘢，
唔睬佢，
我以為……

好恐怖㗎!!
喋……喋
What?

……佢會知我唔開心，氹返我，
點知佢對我好冷淡，
仲連我的玩具都
掉走晒！

191

每次説再見，米高都送上這「條」祝福～

193

195

我好想自己畫哋嘢可以為貓星人做到嘅嘢!

等我研究下貓星人嘅先嚐養大蠔!

大千世界,有棄貓虐貓嘅先人,亦有將貓當家人嘅人!我冇能力亦冇資格去掌握自私嘅先人類⋯⋯

只好努力去令更多人類愛上貓星人,投入俾貓星人嘅世界!被感染嘅人愈多,即是愈多人臣服於貓星人嘅統治!

要令貓星人信任人類亦非易事!我會拼死一搏⋯⋯

死性不改!
又話lu後唔再做大佬!

今次仲要收啲
未成年嘅嘅!
ㅋㅋㅋ

被人類遺棄嘅喵星人,放心,我決定,收你
哋做嘅......   ...meow～

翌日

大哥,頭先我去托
罐罐,舖頭出面
有箱喵星BB......

!

我未講完喎...

老闆話啲
要啲B呀!
使命感
大爆炸!

大家都好好努力為貓星人謀幸福.努力令人類徹底成為貓奴!

貓星人唔係玩具

係家人、知己、愛人!

係soul-mate!

無論家貓定街貓都應該得到愛,得到尊重!

唔愛,唔代表你可以傷害佢哋!

愛貓唔死人類,大大力將愛傳開去~

要令更多人感染呢種愛貓病毒!

養貓係一生一世嘅承諾,唔係貪得意懶有型嘅玩意!

人類一生擁有好多,但貓星人一世就只有你!!

貓，係會放屁㗎!!
不過，通常貓屁係冇聲又
冇味嘅，如果個屁好臭，
就要多多留意喇，有可能
係消化不良，腸胃出事，
或者係餵嘅多貓食唔多
新鮮呀!
下次聞到臭屁，唔好淨
係話身邊嘅個位喇，移個
鼻去貓屁股度索一下!!

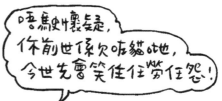

THE END
(OUR LOVE WILL
NEVER END)

後記

上集後記講過，劇情任何一格都唔會cut㗎啦!!

感謝肥佬監製你冇cut走我嘅戲份! 我也圓了個心願呢♡

難得有人堅持畫下去，有人堅持製作推出……

市道幾艱難都唔放棄，作為多貓奴，作為喜歡插畫漫畫嘅人類，係咪要支持先?

書　　　　名	貓星人統治地球 2
作　　　　者	文地
責　任　編　輯	肥佬 & 趣同事
校　　　　對	Patty
出　　　　版	格子有限公司
	香港荔枝角青山道 505 號通源工業大廈 7 樓 B 室
	Quire Limited
	Unit B, 7/F, Tong Yuen Factory Building, No.505 Castle Peak
	Road, Lai Chi Kok, Kowloon, Hong Kong
印　　　　刷	嘉昱有限公司
	香港九龍新蒲崗大有街 26-28 號天虹大廈七樓
版　　　　次	2024 年 7 月香港第一版第一次印刷
國　際　書　號	ISBN 978-988-70532-2-4